# 微熱期

峯澤典子

思潮社

# 目次

装画＝サカモトセイジ
ブックデザイン＝片桐寿子

# 微熱期

すべては
青い
微熱のなかへ

# 夏の雨と

明け方の雨は
散ってしまった花びらの
あとを追うように
夢のなかの
夏の地図を濡らしていった

それは
もう訪れることはない
遠い南の町

雨あがりの
ひと気のない朝の坂道で香っていた
ライラック
薔薇
ジャスミン
すがたの見えない蝶たちのかげ

ひとの一生は
そんな儚いものの名を歌うように覚え
そしてまた
忘れてゆくだけの
つかのまの旅　だとしても
失ってしまったものを数えるかわりに
ライラック

薔薇
ジャスミン
その散りぎわの
香りの強さを思いながら
わたしは
雨の朝でも
暗いままの窓をひらきつづけよう

いまも夢のなかでは会える
あなたと歩いた
遠い花の町の
やわらかな月日の
雨おとが
わたしの濡れたまぶたのうえで
まあたらしい

# 夏のはじまりとなるように

# ブルーピリオド

グラス

ふれても　ふれても
決してふれられないものの
影だけを
おぼえている

雨雲の気配に追われ
列車で通りすぎただけの

名前もわからない丘のうえに
ほんとうは知っているはずの
ちいさな家の幻を見た
菜の花に埋もれた廃屋の
なつかしい
夜明けの小窓を

あの薄明の窓のそばでは　いまも
幼いわたしが
毎朝の不安のなかに置いた
グラスがゆれている

あおざめた水に映る
半島の花木や星々は
ゆびさきでいくらふれようとしても

ひとの体温に溶けるのを拒み
すぐに壊れてしまう　緑のさざなみ

地球という水辺では異種、であるわたしたちに許されるのは
さざなみの震えに耳をあて
聞いたそばから
水辺の場所の
ほんとうの名を忘れること
みずからの居場所など　はじめからもたずに
てん、てん、と
かりそめの読点のように
非情な月日を通りぬけてゆくために

わたしもまた
生家の窓辺を離れ

幼年から老年へと
時間をかけて流れるうちに
ひと、というういきものは
永遠に
水辺の孤児でしかないことを
受け入れていった
生まれた日に授けられた
血の奥のあたたかな悔いを
すこしずつ確かめるかのように

それでもときどき
幻の小窓にこうしてもたれ
移動する列車の陽のカーテン越しに
ゆめを見る

いつか
目と耳の広がりを失い
発語する力を手放し
朝ごとに白んでゆく手足の細い影を
許せたとき
幼い手でふれても　ふれても
決して近づけなかった
夜明けの花びらや流星のささめきが
ようやく
老いたからだの
不用な余白に降りはじめるのかもしれない　と

やがて　自分の名前も
自分が存在したことすらも
思いだせなくなる

ひと、という　さびしいいきものの
最後のそらみみとして

全身が余白に変わり
やさしすぎる
そらのみみ、が聞こえはじめたら
もう　なにも恥じることはない

地上では異形のはずの
わたしの骨も
ことばも
明けかかる窓から
半島の果てへと溶けだし
いつのまにか
水辺の安らかな息づかいに同化してゆくのだから

その時刻まで　もうしばらくは
霞みだした目と
遠い耳でも
まだ思いだせる
グラスのなかの
緑の波のうつくしさを
弱い雨粒の読点となって
てん、てん、と
たどってゆけばいい

幼い手で
グラスにふれても　ふれても
決して消えはしなかった
たしかな朝日の熱を

いまも
いつまでも
幻の窓辺の頬に感じながら

## カーテン

あじさいの終わるころから
微熱がつづく母のかわりに
夏のくすりをもらいに
海のそばの診療所へ出かけた
真昼の太陽と砂の風が入らないように
鎧戸を閉じた廊下はほのぐらく
患者の多くが酷暑の午後にまどろんでいる

うたた寝をくりかえしても
名前は呼ばれず
長い廊下の端の受付へとわたしは戻る
聞こえるのは
リノリウムの床を擦るじぶんの靴音と
途中のうすくひらいたドアから漏れる
波の音

宿命は
ひとの手足を縛るもの
だが　みずからを縛る鎖だけを支えに
渡らなくてはならない水もあるのだと
囁いたひとの
おぼろげな後ろ姿を思わせる
波の音に誘われて

ドアのなかをそっと覗いても
灼熱のひかりに浸されたそこには
だれもおらず　家具さえもなく
なにかが去り　ふたたび訪れるまえぶれのような
ラファエロ・ブルーのカーテンが
ただ風をはらんでいた

なんどか名前を呼ばれ　目をあければ
わたしはまた
うすぐらい廊下の椅子に座っていた

だれかの前世か来世の部屋をつつむ
波音のカーテンも　消え
母が若いころに履いていたという
この青いバレエシューズのつまさきは

どこかの水辺の
白い砂のせいで
やわらかな寝息のように湿っていた

アクアマリン

あめ、と思うよりさきに
別れぎわの肩から
みずの匂いがした

雨ではなく
いちどだけ　歩いた
みずうみの岸の
花の

気配だったのかもしれない

とおくなる傘が
湖面の
あじさいの
影にまぎれ
透明になってしまえば
もう
姿を見かけることはない

帰るひとよりも
とおい水辺へと渡ってゆく
霧雨が
一夜かぎりの
わたしの

星図に変わり

みずの匂いにつつまれた
耳たぶのうえの
あおい石は
なつかしい花びらとともに
みずうみの底で
暮れていった

ドロップス

blue ink
風を抱きふくらむ胸にさすペンのインクがもれて夏ばらがさく

star
まどいつつ夢くちにする青年の清らな首の静脈の星図

rain
囚人の書いた空の詩よむ午後はゆびから暮れる雨の図書館

glasses
呼び捨てで名を呼ぶ前のとまどいにゆれる眼鏡にうかぶ雨雲

sea
さくさくとかじる氷にあわせ散る波の子どもに濡れる麦わら

lips
唇をしめらす波にはばまれてふいに黙れば遙かな春雷

aqua blue
左手に炭酸水をもったままいまさらなにをためらっているの

wind
潮風に冷えた真昼のバゲットと葡萄とともにわけあう微熱

sunset
老いるならまばたきをする瞬間の闇を知らない魚になりたい

horizon
ひかりだった　白い夏シャツ去ってからラジオが告げる台風上陸

drops
満潮の近づくたびに群青の涙あふれる兄のパレット

light
対岸のほたる群れからはぐれた火はわたしに近いたましいだろう

heavenly blue
遠いあさ髪にとまった白蝶のあつまる森で少年は待つ

planet
惑星にはじめて降りた爪先の記憶五月のシーツに宿る

aube
まだ白いノートを照らす曙よ、　あなたを夏の恋人と呼ぼう

# Ripple

夜明けまえに目が覚めた。窓のそとはつまさきが染まるほどの濃い霧。裏庭の木々と屋根の境界すらわからない。夜の囁きのすべてが青白い時間の繭に包まれて。窓ガラスにふれた指が濡れたままふたたび眠ろうとすると、暗い天井から水の音が聞こえる。家のなかのだれもが眠る時刻にいつも水音ははじまる。そのしたたりは蛇口から規則的に落ちるというよりは、雨季の湖岸に寄せる波や、葡萄や桃からあふれる若い汁のように、たぷたぷたぷたぷと水が水自体に甘くおぼれ潤いながら、耳のなかへゆっくりと、しかし執拗に沁みこむ。雨も降っていないのに。廃屋のドアを覆う蔓薔薇めいた水音はどこから滲んでくるのだろう。まだ少女のわたしは耳から喉を伝いからだの奥に夜ごと溜まってゆく一滴、一滴が厭わしかった。目をきつく閉じてはやく眠ろうとすれば、瞼のうらの水の輪はたぷたぷとより広がり、波の震えに沿ってつまさきに蔓薔薇が巻きついてくる。したたり、ゆれ、したたり、ゆれる。だれからも忘れられたちいさな破船となって。なぜ。なんのために。わたしは内側のさざなみを鎮めようとしてからだを丸める。すると汗の冷えた胸もとからほのかな苦みを含んだ匂いが立ちのぼる。それは霧、廃屋、棘、それとも見えない切り傷の。どこかなつかしいこの香りは、幼いころに嗅いだ、あの火の面影なのだろうか。

夏の日暮れに、近くの納屋が燃えていた。小雨が降っているのに屋根や後ろの木々はすぐに炎に包まれた。わたしが木蔭で編んだ草の冠や指輪もきっと燃えている。犬の吠える声やひとの叫び声をかき消すように火は激しさを増して。薄闇のなかで黒くひかる木々の魂が時間からはぐれた箒星のように崩れ落ちたそのとき、一羽のおおきな白煙の鳥が夜空へと舞いあがった。水と火の季節の婚姻を告げるように。

青白い片割れ月が現れた方角から、遠い汽笛が聞こえる。南へと向かうあの列車の窓のそばで眠っているのはわたしのはずだった。ヴェガ、アルタイル、デネブ……と夏の星座をさがす、母でも姉でもない知らないだれかの肩にもたれて。

「ナツノ夜ノ瞼ノウラノ白鳥ガオリタツ岸デアノヒトハマツ……

わたしの手足はついこのままでは北風のなかに立つ青い枝だった。肌は雪の野原を駆ける白狐とおなじくらい月夜に透きとおり、瞳の地平には黒い木々の翳りなど少しも映らなかった。それがいつからか、雪の指は窓ガラスにふれたあと不自然なほどに火照るようになった。熱い。なぜ。熱いのだろう。火照った手を冷えた耳朶にあててるたびに、からだの奥のちいさな蝶番がかすかに軋む錯覚がうまれる。けれどこの錯覚には仔犬に甘噛みされるような新鮮な響きも潜んでいた。響きの起こりをさぐるように、耳、頬、喉、鎖骨、腕、とじゅんばんに手のひらをあてる。そうすると指のふれた場所からしだいに温まり、わたしはいつのまにかふたたび眠りに落ちる。したたり、ゆれ、したたり、ゆれる。痛み、と呼ぶにはあまりに優しい、目の奥の火の粉の囁きを聞きながら。

明け方の眠りの入り口にはいつも雨と炎が混ざりあう時間の煙が漂い、その香りは夢の奥の小部屋で花の蕾に変化した。それはからだを丸めた少女のシルエットに似ていた。両腕で自らをきつく抱えながらもほころんでしまうその中心は月が満ちるゆるやかさで熱を帯びはじめている。一滴、一滴、天井からたえまなくしたたる水の音は、親からはぐれた子猫の眼のようにいまも暗闇で揺れつづける木木の焼け跡へと流れてゆく。ヴェガ、アルタイル、デネブ……とくりかえす、母でも姉でもないだれかの溜息をつれて。

「火ガフレタ鼓動ノアカイ種ナラバ胸ノボタンハ野ニステテユク……

窓のそとの深い霧はわたしの青白い火の眠りを幾夜も隠しつづけ、夢の奥の小部屋の蕾がようやくひらこうとした朝、強い日差しがカーテンのすき間からすべりこみ、長くのびた髪は南からの風におおきくなびいた。容赦のないまばゆさのなかで、わたしは目覚めと引きかえに、言葉をひとつ失った。初夏のシーツのうえには、見知らぬ白い鳥の羽根と、やはりはじめて見る深紅の花びらが、むつみあうように零れていた。

# 紅玉の

中央で燃えはじめた焚火のせいで　広場を囲む街の闇はいっそう深まり　火に集まる者の顔はみな　名もない刹那の流星の瞬き　そのいくつもの欲望の明滅のなかを通りぬけ　砂漠の熱風を映す紅玉のまなざしに魅入られたまま　市場の雑踏にまぎれひそかにあとをつけたひとを見失うまいとするのだけれど　勢いを増す焔の熱さとぱちぱちとはぜる枯れ枝の音に　思わず瞼をとじれば　廃屋めいた古い家の鏡を揺らした　夏草のなつかしい焰の匂いが澄んだ涙のように鼻を突き　明るすぎる陽のなかでさびてゆく鏡台の抽斗にしま

われていた　まだ幼い少女の夜明けの唇に似た石は　母が　森を離れ　市場を抜け　薔薇のあふれる中庭に通じる裏口に立つときにだけ　紅さし指にそっとのせた灯りなのだと　鮮明に思いだし　そのぶん　急に遠ざかる　母のほんとうのまなざしのいろを　もういちど探すために目をあけると　広場の火と闇は　すでに消え　わたしは　夏草の匂いに包まれた　森の廃屋の鏡台のまえに立ち　抽斗の奥で眠る　自分自身の形見になるはずのルビーの肌に　いま　はじめてふれるところだったのだと　気づく

# 薔薇窓

カーテンをひらくと
ホテルの窓のそばまで
霧が　追いかけてきていた
鳥たちはまだ眠っていた

瞼に残る　夢の岸辺の
方角はわからない
遠い　鐘の音
袖を湿らせ　露草を踏み

灯りももたずに
ちいさな教会へと向かうひとがいる

それは
百年前のことかもしれない
百年後のことかもしれない

まだなにも見えない　霧の窓辺で
そう思えてしまうこともまた
だれかの祈りの続きなのだろうか

ミルク瓶を届ける車輪の音が響き
鳥たちが目覚めるまで
霧の野のなかで
もうどこにもいない　ともだちの手を握っていた

朝日が昇れば
霧も　鐘の音も
空耳のなかに消え

ともだちが　いつか
露草を踏み　訪ねたという
名も知らぬ教会の
薔薇窓を
だれにも　見えない星だけが
通りすぎてゆく

# ヒヤシンス

家の近くに、だれも住んでいない古い木造の洋館が建っていた。屋根は雨に朽ちかけ、壁や柱の白いペンキは剝げ、蔦と草花に覆われた窓ガラスはつねに曇っていた。あるとき未就学児の予防接種がそこで行われた。

眠たげな丸いランプがさがる玄関に飾られた青紫のヒヤシンスと、消毒液の匂い。どこかで手を洗いつづける水の音。上階の部屋から漏れる幼い子どもたちの泣き声。長い時間の樹液を含んだ琥珀色の廊下。ドアがひらきだれかが連れてゆかれるたびに暗い木の床に夕刻のひかりが差して。

注射への怖れはなく、しずかに朽ちてゆくものの内部にいることがわたしを安心させた。なぜかそこに母はいなかった。目がくらむほどあかるい部屋のなかで注射を受けたあともすぐには帰らず、ひと気のない階段の踊り場の窓から中庭を眺めていた。夕陽を反射した椿の木に囲まれて、ちいさな火が燃えていた。

背伸びをするときしきしきしと自分のくるぶしの骨が鳴く音がする。きしきしきし。窓枠のすみで干からびた玉虫の死骸。長いあいだひとの息にふれずに朽ちてゆくものの内部はあたたかい。腰のまがった老婆がなにかを火にくべている。長いスカートのうえにエプロンを巻きストールをはおり、スカーフの翳で顔を隠したひとは外国の絵本のなかの農婦に見えた。燃えきれない白い紙がときどき風に舞った。投函されなかった手紙、あるいは書かれなかった日記だろうか。ひとの目にふれずに朽ちてゆくものはみなあたたかい。

おばあさん、わたしをどこか遠くへ連れていってくれませんか。埃と雨の跡で曇ったガラス越しにわたしはつぶやいた。
この町から離れた場所ならどこでもいいのです。わたしは遠くへゆけます。歩いてもゆけます。

数年後に洋館は壊され、わたしがおとなになったあとも、中庭のちいさな火は遠い子守歌となって燃えつづけた。

遠くへゆくために
遠くを見るために
手と足と　目を　もらったのに
手足をやすめ　瞼を閉じて
ふかく眠るときにだけ
たましいは
火や雪のうえを　自由に駆けてゆけるのだから

もう　泣きながら歩くことはない
ただ　目を閉じればいい
だれからも遠い場所へとゆくために

おとなになってから旅をした。ひとりで。いちどだけ、ふたりで。そこが、わたしが望んだ遠く、なのかはわからないまま。数日間の冬の旅のおわりに、雪の広場を抜け、凍った川岸で、おおきなコートのひとつのポケットにふたつの手をいれ、熱い焼き栗を分けあって歩いた。

あの日いっしょに見あげたフレスコ画のガブリエルの手からこぼれる百合のひかりも、黒い川面に映る夜火事のような対岸のあかりも。生まれるまえについた嘘とおなじくらいうつくしかったから、もうなにも話さなかった。

夜ふけにホテルに戻ると、廊下の端の部屋から女の声がする。高く、低く歌い、なにかを求めているのか、拒んでいるのか。もしかしたら女の声などではなく、近くの暗い森の奥でさびしさに耐え切れずに鳴きだした鳥か狐の声かもしれない。わたしたちはなにも話さなかった。泣いても叫んでも、もうことばは伝わらないから。永遠に離れ、遠くから思いつづけることでしか、だれかを知ることはできないのだと。

朝のホテルの窓からは廻廊に囲まれた狭い中庭が見える。庭のすみにはだれかに捨てられたように、もしくはふかく祈られたように、頭部の欠けた天使像が置かれ、そこにも雪がうすくつもっている。それは、チェックアウトのあと、つぎの列車を待つあいだに飲まれずに冷めていった一杯の紅茶の香りのように、だれからも少しずつ忘れられてゆく。

まだ眠りつづけるひとをのこし、わたしは中庭におりた。天使像のちいさな足のそばに貝のボタンが落ちている。雪に濡れた鳩がかすかに汚れたそのしずかな光沢をついばんでいた。海にも砂にも決して戻れずに溶けのこるものを慈しむかのように。

朝の雪の庭のまぶしさにわたしは目を閉じた。もう、泣きながら歩くことはない。ただ、目を閉じればいい。だれからも遠い場所へとゆくために。

部屋へとつづく冷たい石の階段をふたたびのぼりはじめたとき、すれ違った少女のくるぶしから、さいたばかりのヒヤシンスの匂いがした。

# 未完の夏の眼に

*1*

淡雪が磨いた窓に飛行機が映る
地図から消えた森と湖をつなぐ声のように
見あげながら燐寸を擦ると　遠い町の匂い
木漏れ日がまだ若い音楽だった頃の

*2*

明け方の夢のカーテン越しに　焚火の気配
燃えているのは　一度も投函されなかった記憶の束

どんな思い出もいつしか　通り雨に誘われ
未完の旅の地図のなかへとふたたび流れてゆくのだから

*3*

まどろんだ水面に浮かぶのは　だれ
葉の舟を追って見知らぬわたしが駆けていった
花が枯れ　いつか岸辺からひとが消えても
水のうえの　月の横顔は眠りつづける

*4*

廃墟の水路で眠るひとつぶの石
いまは鳥さえ訪れない街の跡の　沈黙の水底に沈み
最後にふれてくれたひとが還っていった空の色を
サファイア、その肌に　ひたすらに宿しながら

5

夜になれば
わたしの頬にはのこらない
朝焼けのぬくもりをつつみこむ
薔薇のつぼみのねむりをランプのひとつに

6

もう会えないひとからの通信は　雪
公園のスワンボートの羽も凍って
わたしからの唯一の返事は　てのひらの熱
いつか一緒に作った雪うさぎの　影もやっと月に帰る日

7

目を閉じると　風が強まる

耳をふさげば　高い波
闇とはこうして観測しつづけること
空耳のなかの流星の行方が見えるまで

*8*

浅いゆめのなかで　卒業前の日記を燃やした
まだだれにも知られない野原で
春を抱きとめるためにこの手はあるのだと
信じようとした　朝の終わりを見送るように

*9*

南の窓をひらいて
もらわれていったばかりの仔犬の名前を考えていた
テーブルのミルクのなかに落ちた花びらを
かなしみ、と呼んでもいいのか迷いながら

*10*

どんなに季節が変わっても
いま隣で目覚めたばかりの
ひとの眼にうつる葉のあおいそよぎ
そのなかを抜けてゆく小鳥たちはひかり

*11*

時を告げるすべなく沈む日時計に
リボンを捧げた五月の雨の薔薇園には
幼いころ別れた
もうひとりの自分の影がいまも佇む

*12*

闇に閉ざされた広場と

はるかな海岸線を結ぶように　鳥たちは飛びたつ
長い夜の終わりを待つやわらかな耳に
古代から変わらぬ新緑の羽ばたきを届けながら

*13*

街灯のない帰り道
どこかでつよく　百合が香る
海からの風に幾千年も吹かれる丘の
女神像の真夏のまなざしのように

*14*

永遠にたどりつけない季節はずれの砂浜が
わたしのなかにある
幼い歌と潮風を網目にきゅっと挟みこんだ
麦わら帽がわたしを待っているだけの

*15*

花市場を覆う夕暮れ
すれ違う瞳が翳り　瞬き
一日のはじまりと終わりの方位が狂ってゆく
夢の重さが銀貨一枚ほどの旅の途中で

*16*

最終バスの窓際の席には
長い間忘れられた傷跡のような　青い傘
ゆるす　ゆるさない　ゆるされる　ゆるされない
稲妻に似たワイパーの音だけが　深夜

*17*

耳をあてるたびに蒼く暮れてゆく

あなたの胸のちいさな部屋の片隅に
わたしの知らない少年が
夢見た都市の路線図が残る

*18*

電線のうえの鴉と目があった
シャッター街の朝日は未来の焼け跡のようで
路地から路地へと歩きまわっても
生まれる前に落とした翼の　影さえ見つからない

*19*

着信の履歴を消して搭乗前
それでも思いだすのは
真夜中のカフェの諍いと抱擁と　対岸の灯り
スーツケースで運べるものなど　なにひとつなかった

*20*

ひとと別れた日にも
変わらずに夕刻を告げる鐘の音
だれもいない部屋で熟れてゆく
ひと房の葡萄のなかには今夜も静寂があること

*21*

星の降る音　それとも骨が軋む音
屋上の手すりにもたれ　空に散らばった兄妹を探した
別の惑星の言葉でなら
さびしい　も　すぐに言える気がして

*22*

迷い犬が雨宿りをしている

軒下を借りているのは　わたしのほうかもしれない
今朝も　地上では廃屋が壊され
夢のなかの空き家に　風鈴がひとつ吊るされた

*23*

返信がないまま
はるにあつめた花はひらき　散り
すべて終わったあとも香りつづける
黄昏の籠

*24*

肉体がここにあることはさびしくて
眼を閉じて　いま　そこに行く
数百年前に仰いだはずの聖堂の窓からの
月光　髪にふれる指

*25*

歩きだす前に　雨あがりの小石をひろう
鎮めるものがあることを確かめるために
灼けやすい瞼のうえに　遠いあなたが落とした
はつなつのやわらかな嘘をはじめて思いだすように

*26*

いま　角を曲がったのは　五年前のあなた
歩道橋に立つのは　十年後のわたし
信号の青が霧雨に包まれたら　わたしも向かいます
Google も知らない場所でまた会いましょう

*27*

古い時刻表のなかの始発列車は帰ってゆく

いまはない家の鏡に映る霧の湖畔へ
わたしもいつか願うだろうか　もういちど生まれたい、と
消えない水の輪からいつまでも　青い林檎の傷の匂いがしている

*28*

三日月を見る　それだけのために家を出た
こころは　冷えた寝台に置いたままで
ほんとうの言葉はだれにも聞こえない
鍵をなくした抽斗の奥の　スノードームの吹雪のように

*29*

刻一刻と冷えてゆく世界の終わりに
見知らぬ子どものちいさな手のなかで
薄明のさざなみをなおも夢見る
よりちいさな魚《うお》の盲いた眼は瑠璃

*30*

新しい地図にはもはや存在しない街の名の
内側ではいまも夏の雨が降りつづいている
花々を濡らし海の果てへと流れる甘い雫にふれた
旅の唇だけが知るひとつの歌となって

# 発熱

戸を叩く風がおさまり、あなたはわたしのひたいに手をあて、パンとミルクをもらってきます、と小さな声で言った。ふれたあとに新鮮な熱をもたらす雪片のような指の一瞬の冷たさはわたしをかすかに苦しくさせた。からだの火照りは降りつづく雨のせいかと思っていたが、宿に荷物を下ろしたとたんわたしは起きあがれなくなった。まだ少女のあなたは夜更けまでわたしのベッドの近くに座り、熱がさがるのを待つしかなかった。鎧戸をしめた部屋は暗く、テーブルのうえの燭台のあかりだけが見える。ドアのそばの鏡の縁にもその弱い炎が浮かび、遠い故郷の漁火のように震えていた。

雨は小降りになっていた。それでもなお天井から足もとの木の盥に、つとつと、とつ、と、とつ、と、と滴りつづける雨粒の音が、わたしをふたたび浅い眠りへと誘った。

わたしがふれるもの、わたしにふれるものは穢れてしまう。父も母も隣人もみな。だからわたしはこれまでだれにも出会わないように街から街へと歩きつづけた。広場も公園も集会所も炎につつまれた古い街の噴水の焼け跡で眠るあなたを見つけるまでは。あなたは行く先を失くした白い伝書鳩とおなじ眼をしていた。わたしはあなたの煤けた頰と髪を拭き、ふたりはどちらがどちらを支えているのか、欺いているのかもわからないまま、歩きつづけた。

蠟燭が燃えつきるまえに戻ります、とあなたは囁いたのではなかったか。何度目かの眠りから覚めたあと雨はやんでいた。汗が乾いたひたいに手をあてると、新しい熱の奥から幼いころに母と一緒に歩いた夏の水辺の匂いがした。それともこれはあなたの白い掌の香りだろうか。

母はあのときわたしの両手を取り、自らの火照った瞼と頬と唇に順番にふれさせた。目の見えない仔馬にこれからめぐる季節の名をひとつひとつ教えるかのように。そして、あなたがふれるもの、あなたにふれるものすべてが愛されますように、と小さな声で言った。どんな者たちからもわたしを隠してくれた背の高い葦の茂る水辺で母は手足を濡らし、傷のたくさんついたガラスの破片を綺麗だと拾い、わたしはそれをいつまでも暮れない空にかざした。わたしが走り、母が笑うたびに水鳥がいっせいに羽ばたいたあの池で過ごしたのはそれが最後だった。

夏の水底の冷たく燃える青を映す若い掌。わたしの熱がもとめた、唯一の。あれはあなたではなく、母だったのだろうか。あなたがもらってくると言ったパンとミルクはほの暗いテーブルのうえにすでにのせられていた。蠟燭は燃えつき、ドアのそばの姿見のなかの漁火も消えていた。朝が来たのだろう。鎧戸の隙間から薄青い陽が差しこんでいる。だれも愛さず、だれからも愛されなかった旅のあいだに、終わりのない夢を見ていただけなのだろうか。あなたはほんとうにいたのだろうか。母もまた。

足もとの盥には数日間の雨水が溜まっていた。薄青い水の底にガラスの破片が沈んでいる。あなたがふれるもの、あなたにふれるものすべてが愛されますように。わたしはまだ冷たい指でガラスを拾いあげ、鎧戸の隙間から差しこむ朝日にかざした。傷のあるガラスを通したひかりがわたしのひたいにふたたび、いや、はじめて、ふれた。ながくつづいた熱はようやくさがりはじめていた。

# 真珠

海辺のちいさな町の葬列を見送ったあと
姉のようなひとの残した小匣を枕もとに置いた
ホテルの部屋の百合は　いつまでも香り
眠ろうとすると
さらさらさらさら　ささやいた

割れた貝が掌のなかで
かすかにこすれあうような
声を出さずにだれかが泣くような音は

夢のなかで
ひとりの白髪のひとの姿になった
年老いたひとは
暗闇の顔を痩せた手で覆い
ねえさんの名を　いちどだけ
ちいさく呼んだ
さらさらさらさら
両手首からさがる鎖を揺らして

わたしは夢のなかで枕もとの小匣をひらいた
ねえさんの残した
あまい乳白のしずくを
暗闇のひとは
そっとくちにふくんだ
さらさらさらさら

ふたつの貝殻が遠い波にさらわれるような
鎖の音を鳴らして

さらさらさらさら
ふたたび波の帰る音がして
わたしは目を覚ました
朝の百合はいつのまにか
すべての花びらを落としていた

つめたい床にふれたつまさきから
つ、と　なにかがこぼれた
あたたかい血、かと思ったが
それは　ねえさんの
くすりゆびが
ながい夢のなかでずっとふれていた

ひと粒の
ちいさな真珠だった

百合の香りにつつまれた
あまい乳白の肌はぬれていた
さらさらさらさら
落ちつづける
この世のだれにも知られない
涙の
蜜に

# いちまいの

*1*

それを抽斗にしまったのはだれ
ちいさな子のつまさきに似たさくら貝がいちまい

まだ水のつめたい砂浜を歩いたのはいつのこと　なにも話さずに　ただ　ひえた手をかさねて　あなたは　さゆのなかのさくらづけがひらくように　さらさらさらさら　裾をぬらして
あのとき　どこまでいったのだろう　あなたのスカートからこぼれたさくら貝を拾おうとすると　長い夢からいつもさめてしまうのだから

はなれたぶんだけ　わすれられなくなるものたちと　朽ちてゆけばいい
しおかぜ　おもくぬれたすな　ひえたままのゆびさき　くちにしなかったこと
ば　ちかづくあまぐも　まどがらすをつたうすいてき　まっちをするにおい
きつく　とじたまぶた　つめのあいだにのこるすなつぶ　しんやの　まんげ
つ　やむことはない　なみのおと

古い日記の日付のうえには　あのとき落としてしまったほうの貝の影が　さら
さらさらさら　ゆれて　海岸の名をふたたびつぶやこうとしても　足跡を消し
つづける波の音しか　もう聞こえない

あなたは　わたしを海のむこうへとさそうように　はるのはじめのつまさきを
ぬらして　いっそすべて割れてしまえば　波にさらわれて　どこまでもゆける
のに　と

いま　鍵をかけた抽斗のなかで眠るのは　あなたの　ではなく　わたしが愛した　たったいちまいのさくら貝

2

それを古い日記に挟んだのはだれ
ちいさな子の唇に似たはなびらがいちまい

まだあさはやい海岸を歩いたのはいつのこと　なにも話さずに　ただ　つめたいゆびをあたためようとして　さゆのなかのさくらづけがちるように　さらさらさらさら　わたしのスカートが海風をはらんで
あのとき　海のむこうから流れてきたはなびらに　さきにふれたのはだれ　浅い夢の足跡をたどろうとしても　あなたのとじた唇はいまも波にぬれたまま

わすれたぶんだけ　きれいにひかりだすものたちを　見送ればいい
なぎ　しろくやけたすな　あたためられたゆびさき　くちにしてしまったこと
ば　とおざかるきてき　まくらもとのびょうしんのおと　まっちがもえつきた
におい　うすく　ひらいたまぶた　かわいたかみからこぼれたすなつぶ　よく
あさの　みかづき　やみにとけていった　なみのおと

ふたたび訪れることはない砂浜には　あのとき拾えなかった無数のはなの影
が　さらさらさらさら　ゆれて　そのささやきにかさなる海鳥の声しか　ここ
にはもう届かない

いっそすべてをわすれてしまえば　波にさらわれて　どこまでもゆけるのに
あなたは　おなじ夢のなかでまた　褪せたはなのいろに　ふれようとして

いま　閉じられたページのなかで眠るのは　あなたの　ではなく　わたしが落
とした　たったいちまいのはなびら

# 砂の城

よせてはかえす　よせてはかえす　それだけのために残りの時間は
流れ　思いだすこともなく　朽ちた日々の細い燠火の跡を消すよう
に　きつく閉じられた鎧戸の隙間から潮風がすべりこみ　すべて燃
やした写真の灰さえも砂埃に覆われてゆく　それなのにいま　なに
を告げようとして　あなたはここに戻ってきたの　肉体をもたず
に　この髪の一本にすらふれられないまま　わたしもその小指のさ
きにも近づけずに　もう数十年も声に出していない名前を　夜明け
前の波音がひそかに呼びあいながら

よせてはかえす　よせてはかえす　ためだけに　ひどく老いた月日は流れ　薄闇のカーテンを風がたえまなく揺らし　わたしの白い髪にも　食卓のスープ皿にも　抽斗のなかの古いシーツの襞にまで白砂が入りこんでいる　もうだれにも温められはしない　かつては南の夏の湖の色をしていた夜の麻布　あなたの長いつまさきが擦った箇所に残る血痕　それは道に迷う若い牡鹿のまなざしに似た季節の香り　あなたのくらい瞳の奥の茂りに囚われ　もがき狂い　朽ちるしかなかったことばたちの灰　洗っても洗っても浮かびあがる翅のない二頭の蝶の短い漂流のしるし　海に面した窓は厚く曇り　さびた鏡に太陽は映らず　浅い夢のなかで生まれ　声をあげずに落下する蛹の群れ　いつしか飲み水が濁り　ひとの住まなくなった旧市街の広場は燃えつづけ　地下道は古い燈油と雨水に浸されていた　淀んだ水たまりの静かなくらがりにいつまでも浮かぶ幼い蛹たちの顔のない顔　あるいは焼かれた顔　一滴　一滴　天井からしたたりつづける穢れた油と水の記憶は　街を離れたふたりの浅い夢の縁にも

滲みはじめ　よせてはかえす　よせてはかえす　眩暈　遠いサイレンが防波堤をこえ　雨雲が近づき　廃墟となった灯台の外階段をかけあがる靴音　おびただしい数のガラスが割れる　悲鳴　階段を叩きつづける石の鋭い響き　強風　海辺の子どもたちの喚声はしだいに遠ざかり　砂浜に打ちあげられた魚の銀色の腹に黒絹のショールをかけるように鴉が舞い降りる　高波　泥にまみれた指輪　夏の雑草のあいだで炎につつまれてゆく窓枠の匂い　海鳴り　望んだはずの青い婚姻　決して癒されない渇きのために瞼も唇もつまさきもつねに冷たい汗に濡れていたあのとき　ふたりで眠るにつれなぜ野の薔薇も海の百合も蕾のままで枯れるようになったのかがわからなかった　ほんとうはだれにも愛されたことのないあなたが雨の市で唯一もとめた　卓上の聖母像　石膏の淡い影がこまかく震えている明け方の薄青い壁にもたれて　熱がなかなか下がらないあなたは泣いていた　わたしの知らない名をくりかえし呼んで

真夜中の浜辺の砂と無数のガラスの破片でつくろうとした架空の城
はここからもっとも近い墓地　あなたがそう決めた寒い朝に　帆を
失った無人の難破船が現れ　部屋じゅうの時計はとまり　よせては
かえす　よせてはかえす　いちにちを　ひとつきを　いちねんを
すうじゅうねんを　いっしょうを　ただ　真冬のつかのまの葬列と
して　もしくは波に望まれた婚礼として送るために　あなたは　ま
だ熱のあるからだで立ちあがり　鎧戸をひらき　冷えた砂粒がひた
いに降りかかるのもかまわず　潮が満ちるのを待っていた　瞼と唇
の水は　乾いたまま　すでに燃えてしまった森の跡で凍える旅の白
鳩のように　きっと見ることは叶わない未来の海風の姿で

あれから数百　数千　数万の日は過ぎ　よせてはかえし　よせては
かえし　あなたがいなくなったあとにきつく閉じたはずの鎧戸はた
えまなく軋み　冬の砂が　終わりのない砂のささやきが　グラスの
なかにも　床にも積もりはじめ　ようやくいま　突風が蝶番をはず

し　明るすぎる陽が差しこみ　乾いた息のなつかしい熱が　わたしの痩せた手足にふたたびふれ　翳った洗面台の古い鏡に一瞬映りこんだ若いあなたとわたしの眼にも口にも　白い砂はあふれ　よせてはかえし　よせてはかえし　ひとりは老い　ひとりは息をすでにひきとり　いまでは盲いた砂の城でしかないふたつのからだは　ふれあえないはずの指と指を　蕾のままで枯れていった数百　数千　数万の花びらをつつむようにからめあい　よせてはかえし　よせてはかえし　食卓もベッドもまだなにもない　ちいさな像さえもまばゆいひかりのなかで見えはしない　砂浜のうえのあたらしい家へ　ただ　流れてゆく

# 返信

おぼえるものも
うしなうものも　いまはない
きおくのみずべに　ふる
ほしが
さいごにふれるのは
もう　だれのものでもなく
ひかりをうけるだけのうつわになった
そのきれいなめでしょうか
それとも

しだいにひえてゆくひふのやさしい
かげり

うまれるまえに
約束してしまったのだから
わたしは
あなたのまぶたに
おわりの　ひかりがふれるときを
みることはなく
ほしのきえた　みずべを
あとすうじゅうねんも
あるいてゆくのだと

あなたのてがみのもじは　どれも
いまのあなたには

みしらぬうた

わたしはそれでも　いつか
うたうでしょう

あなたの　ひえたからだにふれた
ひかりが
わたしの　きえかかる
きおくのにわに
もういちどだけ　ふるときに
もう　だれのものでもなく
ひかりをうけるだけのうつわになった
くちびるで

約束の

ほしの名を
すでに　ちじょうにはいない
ふたりに
つげるために

# リフレイン

くりかえし　夢を見た

ガラスに覆われた高層ホテルの一室
空調の音だけが響いて
すでに整えられたベッドにはだれもいない
ライティングデスクに飾られていた
百合の花びらが床に落ちている
けれど　バスルームにもだれもいない
ゆるんだ蛇口から水滴が落ちつづけて

ひらかない窓から街を見おろすと
駅や埠頭につながるいくつもの
正午の明るい通りには
車もなく　ひともいない
目を凝らしても
信号機が点滅するばかり
防音ガラスのせいで外の音はわからない
散乱した百合の香りに
もういちど振りかえっても
整えられたベッドにはだれもいない
廊下や上階の靴音も聞こえない
空調の音だけが
自分の心音のようにおおきさを増して

くりかえし　夢を見た

いつのまにか眠っていたのだろうか
整えられたベッドのなかにわたしはいた
昨日と　一週間前と
一年前と　十年前とおなじ
真白いパジャマを着て
夜の窓は　暗い部屋のなかを映している
立ちあがるわたしのシルエットが浮かぶ
けれど　顔は闇に溶けて見えない
街を見おろしても
車のあかりはやはりひとつもなく
無数の信号機だけが
最後の星々のように点滅している

ひらかない窓に近づくたびに

わたしのつまさきはなぜか痛んだ
まだ幼い頃に　帰りの遅い母を探しに
夜の草むらを歩いたときのように
あのとき　ふくらみつづける闇のなかで
夏の蝶や蟬　あるいは
ちいさな動物の亡骸を埋めた場所だけが
消えかかる数え歌のように発光していた

ねえ　せかいはおわったの

すべてのきれいなもの　やさしいもの
よわいものたちは
まっさきに腐って　あかりになる
それは　せかいのおわり
それとも

くりかえし　夢を見た

ガラスに覆われた高層ホテルの一室
空調の音が昨日よりもおおきく響いて
どこかの蛇口から細い水音が流れつづけて
決してひらかない夜の窓には
百合の花びらも　星々の点滅も
もう映ってはいない
わたしの背後の
非常口をしめす
みどりいろの光だけが
だれからもわすれられた
きれいな亡骸のように
瞬きつづけている

ねえ　せかいがうまれたの

# 舟のなかで

うまれるまえ
名もないみずうみに
目には映らない小舟がつながれていた

さざなみと岸が　霧にとけた
冬のみずうみを訪れるひとはなく
おちばや　こゆきが　ふるのを
舟は　まっていた
風に朽ちつづける　透明な舟のなかには

眠るわたしがいた

いちど　うまれてしまえば
舟も　霧も　わたしも
あとは消えてゆくだけなのだから
消えるものについて
くちにするのは
じぶんをきずつけることなのだと
ふれたら消える　ゆきおとが
おしえてくれたから

舟がふれていた　みず　おちば　ゆき
もうだれも思いださないみずうみの
ことばを
わたしは　うまれるまえに

わすれた

けれどいまでも　ひどく疲れ
日暮れに　まどろむとき
名もないみずうみの冬から冬へと
朽ちながら漂う舟が見える

舟のなかでは
うまれるまえのわたしが
まだ寝ている

ひとのことばをしらない
うさぎや水鳥
もんしろ蝶や月あかりと
おなじ　いのちのしずけさで

ちいさなわたしは
眠りつづけ
ゆきの　おとが
かわりに　つげる

いちど
うまれてしまったのなら
ひとのことばをわすれるために
さきへ　さきへ
ながれておゆき
おおゆきに　おおわれてしまうまえの
ほんの　みじかい
いっしょうのなかを

ひとを　きずつけ

ふかく　きずついた
ことばとともに朽ちつづける
目には映らない
舟のなかで

ふたたび
さめない眠りにつくまえに

# ひとりあるき

あの日、はるのゆきがふっていました。

予定より二か月もはやくうまれたわたしはその夜から母と離れた病室で過ごしました。あたたかな眠りを捨ててまで、まだよく聞こえない耳と見えない目で、なにを知ろうとしたのでしょう。窓のそとは地上のまあたらしい肌のような牡丹ゆき。音もなく、翳りもなく、うまれては溶け、溶けてはうまれ。青くまどろむ木の芽にも球根のうえにもすこしずつ、音もなく、翳りもなく、まあたらしい明かりだけがふりつもり。

あのときいっしょにうまれることはなかった子はいまも、はるのゆきがふると、わらうのです。

ねえ　ゆき
ゆきだよ。
どこまでも
あかるい　ゆきだよ。

声のするほうをふりかえるたびにゆきのうえの足跡はすでに消えていて。二か月はやくうまれたわたしの手足はいつでもかじかんでいました。わたしがふれるもの、わたしにふれるものすべてのぬくもりをもっと、感じられるようにと。いちどもふれたことのないなにかと、永遠にはぐれてしまった、このはるの野原で。

ひとのかたちになるまえに空に還っていった淡ゆきのことをわたしが聞いたの

は、おとなになってからでした。姉か兄か、もうひとりのわたしであるあなたを心のなかでさがしはじめたときから、わたしはくりかえし、夢を見るようになったのです。

夢のなかのわたしは都心のオフィスで働いています。その日は昼すぎから会社のだれもが出かけていて、電話もほとんど鳴りません。終業の時刻が過ぎ、帰り支度をはじめたとき、部屋や表の通りの明かりがいっせいに消え、オフィスは薄闇に包まれました。どこかでおおきな停電があったのでしょうか。わたしは駅をめざし暮れかかる街のなかへと飛びだしました。電車がすでに止まってしまったために帰るすべをなくしたひとたちで駅の構内はあふれかえっています。駅まえの歩道橋を渡ろうとしてもなかなか進まない長い列にわたしもどうにかすべりこみ、向かいから押し寄せるひとの波にのまれないよう、目のまえのひと影にすがりつくようにして歩きました。

いまははるのはずなのに、吐く息が白くなるほどに寒い日暮れでした。だんだんと濃くなる暗がりのなかでときどき、防寒用のアルミシートを頭からかぶったひとたちとすれ違いました。風をはらみ発光する、いくつものなだらかな肩は、神楽を舞う精霊たちの瞬きにも見え、息をひそめ異常なほどにゆっくりと進むこの群れは、さびしい参道へと向かっているのではないか、そして練り歩くうちに現世の明かりから外れてしまうのではないか、とすら思えたのです。

ようやくのぼりきった歩道橋から見おろしたバスターミナルには、何百ものひとたちが、それぞれはひとりぼっちのまま、暗い髪をすきまなく寄せあつめ、おおきな風のうねりとなって立ちつくしていました。そこはまだ現世には違いなかったのでしょうが、闇のなかで静まりかえる巨大な息づかいを見たとき、もう、わたしたちは、それまでの姿には戻れなくなったのだ、と気づきました。

ここよりも気温が低いはずのあなたの家に電話をかけても通じず、携帯電話の発信の表示をなんども押すにつれ、目の奥が発熱したようにぼうっとかすみかけました。でもどこか遠くへ遠くへと歩きつづけるひとたちに押されてわたしもまたすぐに歩きだしたのです。そうするうちに、不安や心細さよりも、しだいに手足の冷えがつよく感じられてきたことだけが救いでした。

とはいえ一夜を歩きつづけるには薄いコートではあまりに寒く、鞄のなかを手さぐりましたが、手袋や首に巻けるおおきさの布などはやはり入っておらず、片方をなくしたばかりのイヤリングにゆびがふれました。凍えて感覚が鈍くなったゆびさきでちいさな半円形のオパールをなでていると、子どものころに飼っていた犬の、つねに湿っていた鼻の丸みとあたたかい息が思いだされ、気持ちがすこし落ちつきました。

犬は重ねた前足にかるく顎をのせ、おだやかな視線でときどき夕闇を嗅いでは、わたしの帰りをいつも待っていました。手のひらのなかの、しずかな目のまぼろしを明かりにすれば歩いてゆける。わたしをふりかえり、ふりかえり、朝のひかりへと招く生きもののやわらかな足跡を思いました。なにかひとつでも、かりそめでもいい、胸のなかに弱い火を灯さなければ目をあけていられないほどの暗闇でした。

神泉、池ノ上、浜田山、高井戸、井の頭……。夢のなかのわたしとあなたの家をつなぐ土地の名には、ふるい水場や雑木林の気配がまだ残っていました。地の底に沈む水路も木々も、地上の明かりが消えてしまったことに傷つき、凍えているのでしょうか。

あなたの家の凍る階段、凍る廊下、凍るドア、凍る床、凍る窓ガラス、凍る白熱灯、凍る戸棚、凍る机、凍る椅子、凍る抽斗、凍る雑誌や手紙の束、凍えた手からすべり落ちたガラスの花瓶、凍るガラスの破片、凍る破片とともに散乱する水仙のひらいた香り、無音の泣き声、凍る部屋の、凍る夜の……を思い浮かべながら、わたしは感覚のない足で目には見えない泉と林を抜け、もう電話のつながらないあなたの震えに向かって歩きつづけたのです。

幼い花びらめいたゆきがうっすらとつもったあなたの部屋がやっと見えたとき、手のひらのなかの犬の体温は、暁闇に溶けはじめていました。するといつもここでわたしの夢は途切れるのです。咲きはじめの水仙の青ざめた香りに似ているはずのあなたの後ろ姿を、はじめて目にするまえに。

この夢を見はじめた夜いらい、わたしのすべての感情は、あなたから切り離されたつまさきの重い痺れをくぐってから、息のそとに出てゆくようになりました。この生きづらさ、おぼつかなさは、人目を避ければより疼くうまれつきの傷あとのように、わたしから決して分かつことはできないあたたかな血の花びらなのかもしれません。

夢から覚めたあとにはきまって、母から離れ、うまれてはじめてひとりで歩いた朝の小道を思いだします。つもったばかりの粉ゆきのうえにはちいさな生きものの足跡。小鳥、野兎、栗鼠、子狐。いえ、あれは、知らぬまに、わたしをふりかえり、ふりかえり、いつもいっしょに歩いてくれていた、姿の見えない、あなたの。わたしの手足はおとなになってもまだ、ひどくかじかんだままです。このゆきの世のまあたらしい明かりのような、あなたの足跡にふれつづけるために。そしてどんな歌声よりもちいさく、長くつづくたったひとつの明かりを思って、わたしたちは、それぞれはひとりきりのまま、ずっといっしょに歩いてゆくのです。

ねえ　目をあけて
ゆき
ゆきだよ。

どこまでも
あかるい　ゆきだよ。

# ことうたと

もう　すうじゅうねんも
めざめるまえに　ほおにふれては　きえる
かすかな　こえ

たとえば　さざなみ、いいえ、それは
ひとのかたちをもつまえの　子が
ひそかに　ながした　ささのはが
月あかりのなかで　まどう　ささやき

流星、いえ、それは
て、には　なれなかった
ゆびの　いくつか
ひとの岸辺から　はなれても
また花に　めぐりあえるようにと　ながれつづけて

ちる　花びら、いえ、それは
なまえも　もたない
ひとりの　子が
もう　すうじゅうねんも
さがしていた
おかあさん、の　さらさらになった
骨
うみの　むこうの
もうすぐみえる　ちいさな　いえへ

いっしょに　たどりつくための
てに　ならなかった　てを
ようやく　ひき
星にも　まだなれなかった　子の
ゆびを　つつみながら
やっと　あえたね、と
母　は
はじめて　歌を
ひとり　いえ、ふたりの

# 消印

いつまでも
月が現れない日に
枕もとに落ちていた
蟬の翅は
もう返事を書けないひとからの手紙
かすれた消印に
ふれると
いちどだけ訪れた
南の葡萄畑の匂いがした

初秋の暮れるひかりに揺れつづける
夢のなかの青い実のかげを
ふたたび
はるかな星が横切るとき
わたしのからだも
この世から消えているのだろう

月のない夜には
南の丘の場所も
隣の頬を照らしていた星座の名も
うまく思いだせないまま

あのとき　ふれた
肩のつめたさだけが

見えない月あかりのなかで
最後の消印のように
蟬の声のまぼろしに
溶けてゆく

峯澤典子
一九七四年　茨城県生まれ

詩集
『水版画』（二〇〇八年・ふらんす堂）
『ひかりの途上で』（二〇一三年・七月堂）第六十四回H氏賞
『あのとき冬の子どもたち』（二〇一七年・七月堂）

微熱期《びねつき》

著者　峯澤典子《みねさわのりこ》
発行者　小田久郎
発行所　株式会社思潮社
〒一六二-〇八四二　東京都新宿区市谷砂土原町三-十五
電話　〇三-五八〇五-七五〇一（営業）
〇三-三二六七-八一四一（編集）
印刷・製本　藤原印刷株式会社
発行日　二〇二二年六月二十日　初版第一刷　二〇二二年八月三十一日　第二刷